Tiaré? Entrez!

Marion Wolters

Herstellung und Verlag:
BoD - Books on Demand, Norderstedt
ISBN 978-3-7460-6510-6

Le secret de la dynamique propre, qui se développe naturellement sans influence extérieure

Deux biscuits à l'orange reposent dans les soucoupes de leurs tasses — l'une de café, l'autre de thé. Petits coussins de coton égyptien traverse l'esprit d'Ariana, installée avec son compagnon Matthieu dans un café Art nouveau de Bruxelles.

Des mots poétiques qui semblent sortie du temps ornent les alcôves entre les baies vitrées de la Belle Époque, inspirées par la nature et de forme parfaite, fabriquées en grande quantité dans la capitale belge. Des éléments floraux et des éclats de cristaux verts* nagent présent dans l'esprit d'Ariana, lui inspirant un sentiment de clarté jusqu'ici inconnue. Elle estime la sensualité, la liberté exercée même au sens figuré, l'atmosphère de renouveau, les nouvelles découvertes scientifiques et l'affinité pour la technique des années 1900, l'époque de l'Art nouveau.

Matthieu et elle ont travaillé sans relâche pendant deux mois et profitent d'un week-end libre, l'occasion pour eux de vivre personnellement l'époque «Art nouveau». Ils connaissent le secret de la dynamique propre, qui se développe naturellement, sans influence extérieure.

Une campanule au bruit sonore, que les Belges appellent aussi «fleur à clochettes», se place à côté d'eux. Sur lui, juchée sur un globe, se trouve une tige de rose coiffée d'un sombrero qui volette entre les oreilles d'Ariana et de Matthieu, les reliant l'un à l'autre comme un messager de l'amour. Des sons qui résonnent en écho, évoquant une impression de douceur sucrée.

* La couleur verte symbolise l'enthousiasme, dont la dynamique peut se développer naturellement.

**Dans la lumière de l'obscurité,
la dureté développe une légèreté**

Cela semblait simple. Tellement simple que chacun voudrait s'y essayer: inventer un nouveau procédé de fabrication du verre, plus efficace et plus abordable. Chacun a des idées, l'inspiration intellectuelle et beaucoup de motivation.

Cela semblait si simple, si évident de pouvoir concrétiser rapidement des pensées paraissant fantastiques. Au final, de faciliter l'accès aux produits pour en vendre des quantités inespérées. L'optimisme et l'assurance de l'époque Art nouveau, transposés au millénaire suivant. Avec les techniques de soufflage de verre inventé par Émile Gallé, qu'on souhaitait rapidement repenser pour les penser sous une nouvelle forme de verre.

«oxyde de baryum   oxyde de calcium
                 oxyde de césium
        oxyde de potassium
                   oxyde de lithium
           oxyde de sodium

        oxyde de niobium   oxyde de
        rubidium   oxyde de strontium
        oxyde de tantale
                 oxyde de tellure

tous ces oxydes sont des transformateur ou modificateurs du réseau», explique Miriam aux futurs inventeurs de procédés de fabrication de verre, rassemblés dans le laboratoire de l'académie. Chaque soir, nous allons mettre en scène sous forme de pièce de théâtre les découvertes faites pendant la journée, en représentant les réactions des oxydes modificateurs. Par notre créativité et notre ouverture d'esprit, nous allons découvrir de nombreuses autres manières par lesquelles ces oxydes peuvent modifier la structure et les propriétés du verre. Ce seront des moments drôles, instructifs, riche en réflexion et d'expérimentation.» Toutes les personnes présentes discutent avec une grande excitation. Des masques et des capes en verre, des accessoires de maquillage décorent une partie du laboratoire séparée par un mur, créant une atmosphère de «travail-loisir».

«À la fin du mois, et comme l'année dernière, nous aurons ainsi inventé un nouveau processus de fabrication du verre. Peut-être même plusieurs », poursuit Miriam d'un air optimiste. « Choisissez l'oxyde modificateur que vous voulez incarner. »

Oria Lidam souhaite jouer le rôle de l'oxyde de niobium. «Je trouve ce composé intéressant, car il joue un grand rôle en micro-électronique, par exemple dans les ordinateurs portables. Et la structure cristalline m'intéresse. Des cristaux!» s'exclame-t-elle, les yeux brillants.

Dans un silence avec style, les cristaux tombent dans le silence. Binetta Dobelli s'est habituée à se taire comme d'autres à se coucher tôt. Elle savoure ce calme trois niveaux sur la réalité, avec un œil mi-clos et les trois quarts de son cœur. Elle dépose le sentiment de bonheur sur une plume et une pensée fragile, exprimant d'un geste symbolique le sentiment d'être entre de bonnes mains.

Don't hurry don't worry,
walk in silence
and life's guidance[1]

Pour préserver une clarté au-delà de l'imperfection, Binetta stoppe le mécanisme qui conduit ses pensées à recréer dans son âme des images de la réalité. Ne pas écrire n'est pas une option pour elle. Tandis que d'autres attendent le baiser de la muse, elle est harcelée d'idées envahissantes qui aspirent à être publiées dans un livre. Elle rédige le texte d'une collègue, écrit au centre

Entrez dans le centre, s'il vous plait!

d'un jour naissant nouveau, en remplaçant son langage autoritaire et restrictif par des mots et des concepts ouverts. «Quels contours subtils délimitent mon univers?» se demande-t-elle.

Ariana voit les mots jaillir tels des feux d'artifice dans le laboratoire, illuminant le bureau de relations publiques. Elle s'occupe elle-même de la vente de ses produits, en étant en mouvement avec les portes qui s'ouvrent à elle.

«Le secret de la dynamique propre, qui se développe naturellement sans influence extérieure»

Ces mots sont inscrits sur la porte de verre dépoli, colorée en vert cactus, du laboratoire. Dans l'académie de verrerie d'Ariana, les oxydes modificateurs et le processus de fabrication du verre sont étudiés sous différents angles. Ici, on débat de l'aspect évolutif de l'idée de «dynamique propre» dans des cercles de pensée concentriques, qui se rencontrent régulièrement au centre commun pour échanger leurs résultats:

Entrez dans le centre, s'il vous plait!

«À quoi se réfère l'idée de "dynamique propre"?, s'enquiert un futur inventeur de procédés de verrerie.

— Nous avons fait des enquêtes dans différents pays pour savoir combien de produits issus de nos nouvelles découvertes sur la verrerie nous pourrions vendre. Dans nos cercles de pensée concentriques et via l'analyse des données et l'anticipation créative, nous cherchons ainsi à faire des prévisions aussi exactes et proches de la réalité que possible. Nous cherchons à découvrir comment les clients de différents pays vont réagir à nos innovations, et quelle dynamique propre va pouvoir se développer. Ensuite, nous préparons également des conditions de démarrage optimales pour les produits dans les pays présentant les meilleures conditions pour les nouveaux produits.

— Alors vous devez aussi avoir un filtre pour objectiver les points de vue individuels de vos employés au mode de pensée bien éprouvé», commente le futur inventeur de procédés de verrerie en riant.

Ariana fait oui de la tête et acquiesce. «Il s'agit là d'une Glaserfindung[2] datant d'il y a deux ans, qui ressemble à un tamis. La voici», répond Ariana en lui montrant un appareil de la taille d'un œil.

— Je serais curieux d'en savoir plus sur la dynamique propre qui est entre nous», flirte le futur inventeur de procédés de verrerie.

La bonté attentive
semble être à des rayons lumineux

Binetta entre dans la phase rire de son cycle de vie actuel, pendant que le sourire rayonne, ce qu'elle a accompagné la vie durant. Elle vient juste de recevoir sa troisième demande en mariage. Un odeur de parfum flotte tel un messager le long d'une paroi en verre orange*, touche une idée: inherent goodness**. Binetta ne sait pas où lui vient celle-ci, mais elle correspond à sa façon d'être. Par la fenêtre, elle regarde la Wald[3] qui lui montre chaque jour un visage nouveau. Elle pense à l'homme qui fait chanter son cœur. He is an understanding person***.

*La couleur orange symbolise la bonté attentive.
**La bonté inhérente
***C'est quelqu'un de compréhensif

**La dynamique propre est notre but
pour un jeu
réussi.**

La danseuse A'nah s'avance vers Ariana et le futur inventeur de procédés de verrerie.

«Nous parlions justement de dynamique propre», explique Ariana à son amie. «Je suis sûre que tu peux nous expliquer ce que signifie ce Begriff[4].»

L'eye-liner bleu métallique d'A'nah est parfaitement assorti à sa robe argentée*, cadeau offert par son mari, qui travaille comme analyste, pendant qu'il la dévêtait. «Je vous invite à prendre un verre dans un endroit très particulier, où la dynamique propre qui se développe naturellement, sans influence extérieure se présentera à vous», répond-elle, ses longs cheveux noirs élégamment relevés se balançant légèrement au rythme de ses mots.

— Mais alors, est-ce qu'on apprendra aussi le secret de la dynamique propre qui se développe naturellement, sans influence extérieure?» demande le futur inventeur de procédés de verrerie montre intérêt.

— Qui sait… réplique A'nah d'un ton éloquent.

*La couleur argentée symbolise un moment très particulier: celui où un secret est révélé.

Être caché dans la structure
sans aucun geste dans la texture
des mots

Le do majeur vit dans un récipient de verre, et se poudre le visage avant de monter sur scène pour jouer dans la pièce des innovateurs en verrerie. Il masque les chuchotements du souffleur, reste en retrait tel un interprète, en arrière-plan et n'intervenant que dans le cadre de sa fonction. Le do majeur jouit avoir seulement un rouleau sonore à incarner et pouvoir parfaitement préserver son individualité. Un abri pour sa personnalité sensible et une bénédiction pour la pièce, qu'il sert ainsi de manière impersonnelle et parfaite. Comme un souffleur qui reste parfaitement caché dans la structure de la pièce, sans laisser entendre un mot ni percevoir un geste vers l'extérieur.

La pièce se déroule dans le laboratoire de verrerie, un espace intelligent. Dans l'entreprise d'Ariana, on qualifie d' «intelligents» les lieux dotés de capteurs intégrés. Dans leurs murs, leur mobilier, leur plafond de verre se trouvent de multiples petits boutons qui permettent d'accéder à des connaissances, comme on ouvrirait des livres numériques dans une bibliothèque exclusive.

Miriam et Étienne ont lu l'extrait précédent sur le do majeur. Amusés, ils décident de cacher tout aussi parfaitement leur propre personnalité dans la structure du texte les décrivant. Étienne pose son gilet bleu sur une chaise, place son thé citron-gingembre dans le mot «caché» et abandonne sa personnalité dans le dernier paragraphe, avant de pénétrer dans le texte suivant avec Miriam:

Miriam sait que les transformateurs de réseau ou oxydes modificateurs sont des composés chimiques qui, réunis en un ou plusieurs réseaux, constituent le verre. Elle pense à Étienne qui, en sa qualité de manager, doit créer de nombreux réseaux pour son entreprise. Il utilise ses connaissances pour mettre en œuvre la stratégie de la société, comme ses employés, tels des oxydes modificateurs, de pouvoir en changer la structure. Lors du processus de fabrication du verre, les oxydes modificateurs, par exemple certains sels, peuvent diminuer la température de fusion et donc rendre le processus moins coûteux. Dans les équipes d'Étienne, grâce à la motivation et à l'encouragement, certains employés optimisent les processus et permettent de faire de nouvelles affaires. Ils agissent comme des sels catalyseurs sur un fonctionnement quotidien trop routinier.

Dans une pièce non intelligente, pendant la pause de midi, Miriam regarde Étienne et une employée se livrer un duel d'escrime dont la composition évoque plutôt un duo. Étienne montre du bout des doigts la pièce voisine. «Tiaré? Entrez!», peut-on lire au-dessus de la porte. Une fleur de Tiaré, aussi surnommée «fleurfeder», y est représentée.

Des pendules élastiques, en oscillation perpétuelle, soutiennent la dynamique de l'espace.

**Debout sur le pont
de l'avenir,
les sentiments créent
une nouvelle compréhension (des idées*)
tout en réparant les pensées.**

Binetta ajuste les fenêtres temporelles selon un angle nouveau. Les idées rient des différentes variantes, avant ils rejoignent d'elles-mêmes. Binetta regard sa Satzsammlung[5]. Elle réfléchit aux associations de son nouveau texte tandis que la lettre "E", d'un jaune presque blanc**, s'étire jusqu'à l'infini. Binetta crée une compréhension nouvelle avec les émotions. Debout sur un pont menant vers l'avenir, elle répare des pensées que nul n'avait encore jamais pensé, car elles ont été detruits avant… Un nouveau procédé de fabrication du verre croise le chemin involontairement à elle…

*pour la rime
**Le jaune presque blanc symbolise les émotions éternelles qui developpent entre les êtres vivants et les situations.

**L'endroit le plus merveilleux
sert de refuge (espace)
pour identifier
la définition des choses**

A'nah guide Ariana et le futur inventeur de procédés de verrerie
à travers un espace immense, entouré d'une enceinte de verre
soufflé en couronne, qui s'ouvre au début sur un petit parvis de
roches volcaniques. Ils s'installent sur un banc de verre
volcanique évoquant des flocons de neige répandus sur un sol
noir et lisse.

«Le banc est fait d'obsidienne flocon de neige», explique A'nah.

Le futur inventeur de procédés de verrerie trouve cela
magnifique, et A'nah désigne un endroit particulier: «Ici, avec un
peu d'imagination, vous pourriez reconnaître une Tiaré fleur[6],
qu'on surnomme aussi parfois "federfleur". C'est une fleur de
tiaré sur laquelle ont poussé de petites plumes blanches lui
permettant de se prémunir contre les jours de froid. Les épines
de verre qui se sont formées sur sa tige la protègent des insectes
suceurs-piqueurs et assurant que la bonne circulation de la sève
ne soit compromise.»

Elle explique également que la structure cristalline de
l'obsidienne flocon de neige comme verre volcanique peut
représenter jusqu'à 20 %. «On l'appelle d'ailleurs parfois
obsidienne fleurie.» Le futur inventeur de procédés de verrerie
préfère de loin ce nom, et improvise quelques mots de poésie:

Une fleur blanche naissant sur une pierre noire
on pourrait l'y voir éclore plusieurs fois
dans l'interaction entre la silice et le feu
la lave refroidie se fait visqueuse - c'est le jeu !

«Cela rejoint tout à fait le processus de fabrication du verre», le loue d'une voix sifflante une masse volcanique qui s'approche d'eux tout en refroidissant. Elle est faite en partie de pierre bitumineuse, de tourmaline ornée de cristaux prismatiques, de pierre ponce incrustée de verre et d'autres types de verre volcanique. L'obsidienne flocon de neige qu'A'nah a qualifiée de «pierre d'étoile filante» explique:

«Cet endroit est très aride, aussi aride qu'une vie sans dynamique. Sur ce terrain, la masse de lave peut atteindre une dynamique propre sans limite qui se développe naturellement, sans influence extérieure, en ne nuisant à personne. Sans avoir à respecter des règles légales, morales, financières, sociétales et autres, elle fait naître quelque chose de très utile et de très beau: le verre volcanique, que l'on peut utiliser par exemple pour l'isolation d'une maison. Il peut prendre des formes diverses: superbes cassures conchoïdales, bords tranchants, formes lisses évoquant des pierres précieuses.

— D'une certaine manière, il en va de même en économie », ajoute Ariana. «Par exemple, quand on réduit à un minimum la bureaucratie et les réglementations de l'État, la dynamique propre de nouveaux produits peut se développer et mener rapidement une entreprise à la réussite.»

**La force indomptable entraîne un corps plein d'énergie,
rêve d'en tester les possibilités
avant de pouvoir la manifester
comme dans une étude**

«Que faire de toute ma force indomptable?» se demande
Binetta, quand la composition d'un violoniste la plonge dans un
état de rêverie. Non loin d'elle, des petites filles chantent
«Alouette, gentille alouette» en frappant dans leurs mains.
Tandis que Binetta se représente différents scénarios, un homme
de taille moyenne, très mince, athlétique et longs cheveux noirs,
traverse son champ de vision, la ramenant involontairement à
l'instant présent par sa façon de vivre pleine de légèreté et sa
présence érotique. Elle reconnaît en lui son futur mari.

Champs sémantiques	Wortfelder	Semantic fields
Français	**Deutsch**	**English**
fleurer	duften	smell
fleur	Blume	flower
fleur à clochettes	Glockenblume	bellflower
fleuri(e)	blumig	flowery
florrissant(e)	florierend	flourishing
floral	floral	floral
fleurfeder[1]= fleur plume	Blumenfeder	flower feather

Français	**Deutsch**	**English**
dynamique	dynamisch	dynamic
vitalité	Lebendigkeit	vividness
élan	Schwung	drive
mouvement	Bewegung	movement
dynamique propre	Eigendynamik	momentum

N'aie ni hâte ni inquiétude,
avance en silence
en te laissant guider par la vie[1]

Français	Deutsch	English
l'invention de verre[2]	Glaserfindung	glass invention
forêt[3]	Wald	forest
terme[4]	Begriff	term
collection de phrases[5]	Satzsammlung	collection of sentences

Tiaré fleur[6]	La fleur de Tiaré croît sur les sols volcaniques de la Polynésie française (mers du Sud).

Das Geheimnis der Eigendynamik, die sich ohne äußere Beeinflussung natürlich entfaltet

Orangenplätzchen liegen zu zweit auf den Untertellern ihrer Kaffee- und Teetassen. Kissen aus ägyptischer Baumwolle fliegen durch Arianas Gedanken, während sie mit ihrem Partner Matthieu in einem Jugendstil Café in Brüssel sitzt.

Poetische Worte, die aus der Zeit gefallen scheinen, schmückten die Nischen zwischen den Glasfenstern aus der Belle Epoche, die in Brüssel zahlreich, formvollendet, von der Natur inspiriert, geschaffen wurden. Florale Elemente und grüne* Kristallfunken schwimmen jetzt durch Arianas Gedanken und münden in ein neuartiges Gefühl der Klarheit. Sie schätzt die Sinnlichkeit, die auch im übertragenen Sinne ausgeübte Freizügigkeit, die Aufbruchsstimmung, die neuen wissenschaftlichen Erkenntnisse und die Technikaffinität der Jugendstilzeit um 1900.

Sie hat mit Matthieu zwei Monate durchgearbeitet und sie genießen ihr freies Wochenende, während sie gerade ihre persönliche Jugendstilzeit erleben. Sie kennen das Geheimnis der Eigendynamik, die sich ohne äußere Beeinflussung natürlich entfaltet.

Ein lauter Glockenblumenton, den die Belgier auch „fleur à clochettes" nennen, stellt sich neben sie. Auf ihm sitzt auf einer Kugel ein mit einem Sombrero behüteter Rosenstengel, der wie ein Liebesbote verbindend zwischen Arianas und Matthieus Ohren fliegt. Süß anmutende Klänge, die nachklingen.

*Grün ist die Farbe des Enthusiasmus, dessen Eigendynamik sich natürlich entfalten kann.

The secret of naturally gaining momentum without being influenced externally

Orange biscuits lie in pairs on the saucers of their coffee and tea cups. Cushions of Egyptian cotton fly through Ariana's thoughts while she is sitting in an Art Nouveau Café in Brussels with her partner Matthieu.

Poetic words which seem to have fallen out of time decorate the niches between the glass windows of the Belle Epoche, which were created in large numbers in Brussels, perfectly shaped, inspired by nature. Floral elements and green* crystal sparks swim through Ariana's thoughts now and lead to a new type of clarity-feeling. She appreciates the sensuality, the liberality which is also used in a figurative sense, the spirit of optimism, new scientific insights and the affinity for technology of the Art Nouveau era around 1900.

She and Matthieu have worked through two months and they enjoy their free weekend while they are just experiencing their personal Art Nouveau era. They know the secret of naturally gaining momentum without being influenced externally.

A loud bellflower tone which the Belgians also call 'fleur à clochettes' stands next to them. A rose stem which is well-capped with a sombrero is sitting on a ball which is flying between Ariana's and Matthieu's ears in a connecting way between them like a messenger of love. Sounds which appear sweet and which reverberate.

*Green is the colour of enthusiasm which can naturally gain momentum.

**Im Lichte der Dunkelheit
entwickelt Härte Leichtigkeit**

Es schien so leicht. So leicht, dass jeder es versuchen möchte: ein neues, effizienteres und kostengünstigeres Glasherstellungsverfahren zu erfinden. Jeder hat Ideen, ist intellektuell inspiriert und hochmotiviert.

Es schien so leicht, so unkompliziert, fantastisch erscheinende Gedanken schnell umsetzen zu können. Anschließend eine einfache Zugänglichkeit zu den Produkten zu schaffen und sie in ungeahnter Höhe verkaufen zu können. Der Optimismus und die Zuversicht des Jugendstilzeitalters hineingezogen in das nächste Jahrtausend. Zusammen mit den von Émile Gallé erfundenen Techniken der Glasbläserkunst, die man flugs überdenken und in eine neue Glasform denken wollte.

„Bariumoxid   Calciumoxid
                              Caesiumoxid

        Kaliumoxid

                              Lithiumoxid
                      Natriumoxid
                Nioboxid
                Rubidiumoxid
                              Strontiumoxid

Tantaloxid

        Telluroxid

sind Netzwerk- oder Glaswandler", erklärte Miriam Glasss den anwesenden angehenden Glasherstellungsprozesserfindern, die sich im Labor der Glasakademie eingefunden hatten. Wir werden unsere Laborergebnisse, die wir tagsüber erhalten, abends wie ein Theaterstück aufführen und die Reaktionen der Glaswandler nachspielen. Durch unsere Kreativität und Offenheit werden wir viele weitere Möglichkeiten herausfinden, wie Netzwerkwandler ein Gefüge sowie die Eigenschaften von Glas verändern können. Es wird eine lustige, lehrreiche, denk- und experimentierreiche Zeit. Alle Anwesenden unterhalten sich angeregt miteinander. Glasmasken, Glasumhänge, Schminkutensilien dekorierten den durch eine Wand abgetrennten Raumteil des Labors, erzeugen eine „Arbeitsfreizeitstimmung".

„Ende des Monats werden wir auf diese Weise – wie auch im letzten Jahr – ein neues Herstellungsverfahren für Glas" erfunden haben, fährt Miriam fort. „Vielleicht auch mehrere", ergänzt sie optimistisch. „Sucht euch einen Glaswandler aus, den ihr verkörpern möchtet." Oria Lidam möchte die Rolle des Nioboxids spielen. "Ich finde Nioboxid interessant, weil es für die Mikroelektronik wie z.B. Laptops wichtig ist. Und mich reizt die Kristallstruktur. Kristalle!", sagt sie und ihre Augen glänzen.

In the light of darkness
hardness develops lightness

It has appeared to be so easy. So easy that everybody would like to try it: to invent a new, more efficient and less cost-intensive procedure to invent glass. Everybody has ideas, is intellectually inspired and highly motivated to do so.

It has appeared to be so easy, so uncomplicated to implement thoughts which appear to be unreal. Creating an easy access to products and selling them to an undreamed-of sales level afterwards. The optimism and the confidence of the Art Nouveau era got into the next millenium. Together with the techniques of Émile Gallé's art of glass blowing which they wanted to rethink quickly and think them into a new glass form.

'barium oxide   calcium oxide
caesium oxide
    potassium oxide
                        lithium oxide
                sodium oxide   niobium
        oxide   rubidium oxide
                    strontium oxide
            tantalum oxide
                tellurium oxide

'are network or glass formers', explains Miriam Glasss to the present prospective glass inventors who have arrived at the laboratory of the glass academy. We will perform our laboratory results which we have received during the day as a play in the evening and perform the glass formers' reactions. Our creativity and openness will enable us to find out many other possibilities how network formers can form a structure as well as a quality of glass. It is going to be a funny, productive time which is rich in thinking and experimenting. All persons present have an inspired conversation. Glass masks, glass capes, make-up utensils decorate the room and are part of the laboratory which is walled off, create a 'work-leisure atmosphere'.

'In doing so we will have invented new procedures to create glass at the end of the month, just as we did past year', Miriam continues. 'Maybe even several ones', she adds optimistically. 'Please chose one glass form which you want to embody.' Oria Lidam wants to play the role of niobium oxide. 'I find niobium oxide interesting as it is important, e.g. for laptops. And what excites me is its crystal structure. Crystals!', she says and her eyes are shining.

Kristalle fallen mit Stil und Stille in die Stille. Binetta Dobelli hatte sich das Schweigen angewöhnt wie andere Leute sich das frühe Schlafen gehen. Sie genießt die Stille drei Ebenen über der Wirklichkeit mit einem halb geschlossenen Auge und drei Viertel ihres Herzens. Sie legt das Gefühl des Glücklichseins auf eine Feder und einen zerbrechlichen Gedanken mit einer symbolischen Geste in das Gefühl des Aufgehobenseins.

Don't hurry don't worry,
walk in silence
and life's guidance[1]

Binetta stoppt den Mechanismus, der ihre Gedanken Bilder der Wirklichkeit in ihrer Seele abbilden lässt, um eine Klarheit jenseits des Unvollkommenen zu erhalten. Sie hat nicht die Wahl, nicht zu schreiben. Während andere darauf warten von der Muse geküsst zu werden, wird sie von aufdringlichen Ideen bedrängt, die in einem Buch veröffentlicht werden wollen. Sie redigiert den Text einer Kollegin, den sie in der Mitte

Bitte, betritt die Mitte!

eines neu entstehenden Tages geschrieben hat, indem sie die kontrollierende und einengende Sprache durch offene Worte und Begriffe ersetzt. „Wie fein umrissen ist mein Universum?", fragt sie sich.*

*In der englischen und französischen Übersetzung wurde übersetzt: "Wie subtil sind die Konturen, die mein Universum begrenzen?"

Crystals are falling into the silence with style and stillness.
Binetta Dobelli has got used to remaining silent as other people
to having an early night. She enjoys the quietness three levels
beyond reality with one eye half closed and three-quarters of her
heart. She puts the feeling of happiness onto a feather and with
a symbolic gesture she puts a fragile thought into the feeling of
being in good hands.

Beeile Dich nicht, sorge Dich nicht,
gehe im Schweigen,
mache Dir des Lebens Führung zu eigen[1]

Binetta stops the mechanism which makes her thoughts project
pictures of reality into her soul to receive a clarity beyond
imperfection. She does not have the choice not to write. She is
pressurized with pushy ideas into publishing them in a book,
while others are waiting to be inspired by the muse. She edits
the text of a colleague which she has written in the middle

Please enter the centre!

of a new developing day while she substitutes the controlling
and restrictive language by words and terms which signify
openess. 'How subtle are the contours which limit my universe?',
she asks herself.

Ariana sieht, wie die Wörter im Laborraum feuerwerken und das Public Relations Büro erleuchten. Sie vermarktet ihre Produkte selbst, indem sie mit sich öffnenden Türen im Fluss ist.

„Das Geheimnis der Eigendynamik, die sich ohne Beeinflussung natürlich entfaltet"

steht auf der kaktusgrün eingefärbten Milchglastür des Laborraumes. In Arianas Glasakademie werden die Glaswandler und der Glasherstellungsprozess von verschiedenen Seiten betrachtet. Die evolutionäre Ausprägung des Themas „Eigendynamik" wird hier in konzentrischen Denkkreisen diskutiert, die sich regelmäßig zum Ergebnisaustausch im gemeinsamen Mittelpunkt treffen:

Bitte, betritt die Mitte!

„Worauf bezieht sich das Thema 'Eigendynamik'"?", möchte ein angehender Glasprozesserfinder wissen. „Wir haben in verschiedenen Ländern der Welt Umfragen durchgeführt, weil wir wissen wollten, wie viele Produkte wir von unseren neuen Glaserfindungen verkaufen können. Daher versuchen wir in unseren konzentrischen Denkkreisen mittels Datenanalysen und kreativem Antizipieren möglichst genaue Voraussagen zu machen, die der Wirklichkeit möglichst nahe kommen. Wir versuchen herauszufinden, wie die Kunden in den verschiedenen Ländern auf unsere Glaserfindungen reagieren werden und welche Eigendynamik sich entwickeln wird. Danach bereiten wir in den Ländern mit den besten Bedingungen auch optimale Startbedingungen für die neuen Produkte vor."

„Dann habt ihr sicher auch einen Filter, um die individuellen Sichtweisen eurer denkerprobten Unternehmensteilnehmer zu objektivieren", lacht der angehende Glasherstellungsprozesserfinder. Ariana nickt und stimmt ihm zu. „Dabei handelt es sich um eine zwei Jahre alte l'invention du verre[2], die wie ein Sieb aussieht. Hier ist sie", sagt Ariana und zeigt ihm ein augengroßes Gerät. „Ich möchte gerne mehr wissen über die Eigendynamik zwischen uns", flirtet der angehende Glasprozesserfinder.

Ariana sees how the words display the fireworks and enlighten the public relations office. She markets her products herself by being in a state of flux with opening doors.

`The secret of naturally gaining momentum without being influenced externally'

is written on the milk glass door of the laboratory coloured in cactus green. In Ariana's glass academy the glass transformers and the process of manufacturing glass are approached from various angles. The evolutionary expression of the topic 'momentum' is discussed here in concentric thought circles which regularly meet to share results in the joint centre:

Please enter the centre!

'What does the topic 'momentum' refer to?', one of the prospective glass process inventors wants to know. 'We have made a survey in different countries of the world as we want to know how many products of our new glass inventions we can sell. Therefore, we try to make forecasts in our concentric thought circles which reflect reality as much as possible via data analysis and creative anticipating, find out how customers in different countries will react to our glass inventions and what momentum they will gain. Thereafter, we prepare perfect start conditions for the new products in the countries with the best conditions.'

'Then you certainly will also have a filter for objectifying the individual ways your company participants who are experienced in thinking look at things', laughs the prospective glass process inventor. Ariana nods and agrees. 'This is a two years old Glaserfindung[2] which looks like a strainer. 'Here it is', says Ariana and presents him a device which is as big as an eye. 'I would like to know more about the momentum between us', flirts the prospective glass process inventor.

Aufmerksame Freundlichkeit
scheint wie Lichtstrahlen zu sein****

Das Lächeln, das Binetta lebenslang begleitet strahlt, während sie in das Lachen ihres derzeitigen Lebenszyklus hineingeht. Sie hat gerade ihren dritten Heiratsantrag erhalten. Parfumduft als Botschaftenträger weht eine orangefarbene* Glaswand hinauf und berührt einen Gedanken: inherent goodness**. Binetta weiß nicht, woher er kommt, doch trifft er ihr Lebensgefühl. Sie schaut auf den forêt³ vor ihrem Fenster, der ihr an jedem Tag ein neues Gesicht zeigt. Sie denkt an den Mann, der ihr Herz singen lässt. He is an understanding person.***

*Orange ist die Farbe der aufmerksamen Freundlichkeit.
**innewohnende Freundlichkeit
***Er ist eine einfühlsame Person.
**** für den Reim:
    scheint wie Lichtstrahlen weit

Kindness in an attentive way
appears to be as light rays

The smile that has accompanied Binetta all her life beams, while she is entering into the laughing of her current life cycle. She has just received her third marriage proposal. The odour of perfume blows up to an orange coloured* glass wall and touches a thought: innewohnende Freundlichkeit.** Binetta does not know where it has come from. However, it is in line with her attitude of life. She looks at the Wald³ in front of her window which shows her a new face on each single day. She thinks of the man who makes her heart sing. Er ist eine einfühlsame Person.***

*Orange is the colour of attentive kindness.
**inherent goodness
***He is an understanding person.

Eigendynamik ist unser Ziel
für ein erfolgreiches Spiel

Die Tänzerin A'nah geht auf Ariana und den angehenden
Glasprozesserfinder zu.
„Wir sprechen gerade über Eigendynamik", erklärt Ariana ihrer
Freundin. „Du kannst uns bestimmt erklären, was dieser terme[4]
bedeutet". A'nahs metallisch blauer Lidstrich ist perfekt
abgestimmt auf ihr silberfarbenes Kleid, das ihr ihr Mann, der als
Analyst arbeitet, geschenkt hatte, während er sie auszog. „Ich
lade Euch auf ein Getränk an einen ganz besonderen Ort ein, wo
sich Euch die Eigendynamik, die sich ohne Beeinflussung
natürlich entfaltet selbst vorstellen wird", sagt sie und ihre
langen schwarzen Haare, die sie kunstvoll aufgetürmt hat,
wackeln leicht während sie spricht. „Erfahren wir dann auch, was
das Geheimnis der Eigendynamik ist, die sich ohne Beeinflussung
natürlich entfaltet?" fragt der angehende Glasprozesserfinder
interessiert. „Wer weiß", antwortet A'nah vielsagend.

*Silber ist die Farbe eines ganz besonderen Momentes, indem
sich ein Geheimnis offenbart.

Momentum is our aim
for a fruitful game

The dancer A'nah approaches Ariana and the prospective glass process inventor.

'We are just talking about momentum', Ariana explains to her girlfriend. 'You can certainly explain to us what this Begriff[4] means'. A'nah's metallic blue eyeliner perfectly matches her silver* coloured dress which her husband, who works as an analyst, has given to her as a present while undressing her. 'I'll invite you for a drink at a very special location where the momentum which naturally develops without being influenced externally will introduce itself to you', she says. Her long black hair, which is piled up artfully, is wobbling slightly while she is talking. 'Will we get to know then what the secret of naturally gaining momentum is, which develops without being influenced externally?' asks the prospective glass process inventor interested. 'Who knows', answers A'nah tellingly.

*Silver is the colour of a very special moment which reveals a secret.

Verborgen sein in der Struktur,
ohne Gesten in der Worttextur

C-Dur wohnt in einem Glasgefäß und puderte sich das Gesicht für den Auftritt in einem Glaserfinderstück. Sie verdeckt die Flüstertöne der Souffleuse, bleibt wie eine Dolmetscherin außen vor, im Hintergrund und ist nur in ihrer Funktion tätig. C-Dur genießt es, nur eine Tonrolle verkörpern zu dürfen, ihre Individualität perfekt für sich behalten zu können. Ein Schutzraum für ihre sensible Persönlichkeit und ein Segen für das Glaserfinderstück, dem C-Dur auf diese Weise unpersönlich und perfekt dient. Wie eine Souffleuse, die ohne nach außen hörbare Worte oder wahrnehmbare Gesten perfekt in der Struktur des Stückes verborgen bleibt.

Das Stück findet im Glaslabor statt, einem intelligenten Raum. Als „intelligenter Raum" werden in Arianas Firma Räume mit eingebauten Sensoren genannt. In den Glaswänden, Glasmöbeln, Glasdecken befinden sich überall kleine Buttons zur Aktivierung von Wissen wie aufgeschlagene digitale Bücher in einer exklusiven Bibliothek.

Miriam und Etienne haben den vorhergehenden Abschnitt über C-Dur gelesen. Sie beschließen amüsiert, ihre eigene Persönlichkeit ebenfalls perfekt in der Struktur des sie beschreibenden Textes zu verbergen. Etienne legt seine blaue Strickjacke über einen Stuhl, stellt seinen Zitronen-Ingwertee in das Wort „verborgen" und lässt seine Persönlichkeit im letzten Absatz zurück, bevor er mit Miriam in den folgenden Text geht:

Miriam weiß, dass Netzwerk- oder Glaswandler chemische Verbindungen sind, die zusammen aus einem Netzwerk oder mehreren Netzwerken ein Glas bilden. Sie denkt an Etienne, der als Manager viele Netzwerke für seine Firma bilden muss. Er nutzt sein Wissen für die Umsetzung der Firmenstrategie, dass Unternehmensteilnehmer ebenso wie Netzwerkwandler Gefüge ändern können. Beim Glasherstellungsvorgang können Glaswandler wie z.B. spezielle Salze, die die Schelztemperatur senken und den Glasherstellungsvorgang ökonomischer machen. In Etiennes Teams gibt es Unternehmensteilnehmer, die Prozesse optimieren und neue Geschäfte ermöglichen, wenn er sie motiviert und fördert. Sie wirken wie katalysierende Salze im allzu routiniert ablaufenden Tagesgeschäft.

In einem nicht intelligenten Raum schaut sich Miriam in der Mittagspause ein Florettfechtduell einer Unternehmensteilnehmerin mit Etienne an, das eher wie ein Duett komponiert ist. Etienne zeigt mit zwei Fingerspitzen auf den Nebenraum. „Tiaré? Entrez!" steht dort über dem Türeingang. Zu sehen ist dort eine Tiaréblume, die auch „fleurfeder" genannt wird.

Ungebremst schwingende Federpendel unterstützen die Dynamik des Raumes.

Words without gesture
hidden in the structure

C major lives in a glass vessel and powders its face for its performance in the glass inventors' play. It covers the whispers of the prompter, remains outside like an interpreter, in the background and is only acting in its role. C major enjoys that it is allowed to only embody a tone role, to maintain its individual dimension perfectly for itself. A shelter for its sensitive personality and a blessing for the glass inventors' play, which C major thus serves impersonally and perfectly. Like a prompter who remains perfectly hidden in the structure of the play without outwardly audible words or perceptible gestures.

The play takes place in a glass laboratory, an intelligent room. The rooms in Ariana's company with integrated sensors are called 'intelligent rooms'. Little buttons which activate knowledge are everywhere on glass walls, in the furniture made of glass, glass ceilings like open digital books in an exclusive library.

Miriam and Etienne have read the previous paragraph about C major. In an amused way they decide to hide their own personality perfectly in the structure of the text which describes them, too. Etienne puts his blue cardigan above the back of a chair, places his lemon-ginger tea into the word 'hidden' and leaves his personality back in the final paragraph before he goes into the text with Miriam:

Miriam knows that network or glass formers are chemical connections which form a glass of one or several network building connections. She thinks of Etienne, who has to build many networks for his company. He uses his knowledge for the establishment of the company structure that company participants can change structures just as network formers can do. In the glass production proceeding glass formers like e.g. special salts can lower the melting temperature and make the glass production process more economically. In Etienne's teams there are company participants who optimize processes and make important economies possible in this way, when he motivates and promotes them. They are acting as catalyzing salts in daily business which is often nothing but routine.

In one of the non-intelligent rooms Miriam is watching a foil-fencing duel of a company participant with Etienne which is more composed like a duet. Etienne points with two fingertips at an adjoining room. 'Tiaré? Entrez!' is written over the doorway. You can see a Tiaré flower there which is also called 'fleurfeder'.

Unchecked swinging spring pendula support the dynamic dimension of the room.

**Gefühle schaffen auf der Zukunftsbrücke stehend
ein neues Verstehen****,
während sie Gedanken reparieren.

Binetta ordnet Zeitfenster in eine neue Sichtweise ein. Themen lachen in verschiedenen Varianten bevor sie sich selbst einholen. Binetta schaut sich ihre collection de phrases[5] an. Sie bedenkt die Assoziationen ihres neuen Textes, während der weißgelbe* Buchstabe "E" sich ins Unendliche streckt. Binetta schafft mit Emotionen ein neues Verständnis. Während sie auf einer Zukunftsbrücke steht repariert sie Gedanken, die noch nie jemand zu Ende denken konnte, weil sie zuvor zerstört wurden... Unbeabsichtigt kreuzt ein neuer Glasherstellungsprozess ihren Weg...

*weißgelb ist die Farbe ewig bestehen bleibender Emotionen, die zwischen Lebewesen und Situationen entstehen.
**Für das Wortspiel. Englische und französische Übersetzung: Verständnis

Emotions create a new understanding
mending thoughts while standing
on a future bridge

Binetta classifies time windows into new points of views. Topics laugh in different variations before they catch up with themselves. Binetta looks at her Satzsammlung[5]. She considers the associations of her new text while the pale white* letter 'E' which stretches into the infinite. Binetta creates a new understanding with emotions. While she is standing on the future bridge, she repairs thoughts nobody could ever think of to the end as they have been destroyed before...
Unintentionally a new glass manufacturing process crosses her path...

*Pale white is the colour of eternally existing emotions which develop between beings and in situations.

Der wunderbarste Ort
dient als Hort (Platz)
für die Erkennung
der Definitionsbenennung

A'nah führt Ariana und den angehenden Glasprozesserfinder durch ein von Mondglas umgebendes riesiges Gebiet, dass mit einem kleinen Vorplatz aus Vulkangestein beginnt. Sie setzen sich auf eine Bank aus vulkanischem Glas, die wie Schneeflocken auf schwarzem glattem Grund aussehen. „Die Bank ist aus Schneeflockenobsidian gemacht", erklärt A'nah. Der angehende Glasprozesserfinder findet sie wunderschön und A'nah zeigt auf eine besondere Stelle: „Hier könnt ihr mit ein wenig Phantasie eine Tiaréfeder auch „federfleur" erkennen. Das ist eine Tiaréblume[6], die kleine weiße Federn designed hat, weil sie sich vor kalten Tagen schützen möchte. Die Glasstacheln, die sie am Stengel entwickelt hat, schützt sie vor saugenden und stechenden Insekten, die verhindern, dass die Leitungsfunktion des Stengels beeinträchtigt werden kann.

Sie erklärt weiter, dass Schneeflockenobsidian als Vulkanglas eine bis zu 20% kristalline Struktur aufweisen kann. Ein anderer Name für den Schneeflockenobsidian ist übrigens Blumenobsidian." Diesen Namen findet der angehende Glaserfinder viel besser und dichtet:

Eine weiße Blume wird auf einem schwarzen Stein entstehen,
man konnte sie sich dort viele Male entwickeln sehen
in der Wechselwirkung zwischen Kieselsäure und Feuer viel
Abkühlung und Zähflüssigkeit der Lava – das ist das Spiel!

„Das trifft den Glasherstellungsvorgang sehr gut", lobt ihn eine herannahende Vulkanmasse zischend, während sie abkühlt. Ein Teil von ihr wird zu Pechstein, Turmalin mit prismatischen Kristallen, glashaltigem Bimsstein, anderen Arten von Vulkanglas. Der Schneeflockenobsidian, den A'nah „Sternschuppenstein" genannt hat, erklärt: „Es ist sehr karg hier. So karg wie ein Leben ohne Dynamik. Auf diesem Gelände kann die Lavamasse eine ungebremste Eigendynamik entwickeln, die sich ohne äußere Beeinflussung natürlich entfaltet ohne jemandem zu schaden. Ohne juristische, moralische, finanzielle, gesellschaftliche und andere Regeln einhalten zu müssen entwickelt sie etwas sehr Nützliches und Schönes: Vulkanglas, das man z.B. für die Schalldämmung im Haus einsetzen kann. In verschiedenen Varianten: mit wunderschönem Muschelbruch, scharfen Kanten und glatten, edelsteinartigen Glasformen.

„Das gilt in gewisser Hinsicht auch für die Wirtschaft", ergänzt Ariana. „Wenn z.B. staatliche Regulierungen und Bürokratie abgebaut und auf ein Minimum reduziert werden, kann die Eigendynamik neuer Produkte sich natürlich entfalten und dem Unternehmen schnell zum Erfolg verhelfen."

The most beautiful place
serves as a (shelter) space
for the recognition
of a definition

A'nah leads Ariana and the prospective glass process inventor across a tremendous area which is next to a little forecourt of volcanic rock. They take a seat on a bank of volcanic glass which looks like snowflakes on black smooth ground. 'The bank is made of snowflake obsidian', A'nah explains. The prospective glass process inventor finds it beautiful and points at a very special place. 'With a little imagination you can recognize a Tiaré feather which is also called 'federfleur' here. It is a Tiaré flower[6] which has developed little white feathers which are designed to protect itself against cold days. The glass thorns it has developed at its stem shelter it from sucking and stinging insects which prevent that the stem in its function as a pipeline can be affected.

She continues to explain that this kind of volcanic glass can have a crystalline structure up to 20 percent. By the way, another name for the snowflake obsidian is flower obsidian.' The prospective glass process inventor likes this name much better and composes a poem:

White flower on a black stone
one could see them many times developing
in the interaction between silicic acid and fire
cooling and the viscosity of the lava – that's the game!*

'This is exactly what the glass manufacturing process is about', praises the approaching volcanic mass hissing and cooling at the same time. A part of it becomes pitchstone, tourmaline with prismatic crystals, pumice containing glass, other kinds of volcanic glass. The snowflake obsidian which A'nah has called 'shooting star stone' explains: 'It is very barren here, as barren as a life without dynamic. In this area the lava can gain an unchecked momentum which develops naturally without being influenced externally without harming anybody. Without having to stick to legal, moral, financial, social or other rules it develops into something very useful and beautiful: volcanic glass which you can use e.g. for the sound absorption in the house. In different variants: with beautiful conchoidal fracture, sharp edges and smooth glass forms like precious stones.

'In some ways this is valid for the economy, too', adds Ariana. When e.g. state regulation and red tape are reduced to a minimum, new products can naturally gain momentum and quickly help a company to be successful.'

Unbändige Kraft schafft einen Körper voller Energie,
träumt davon die Möglichkeiten zu testen
bevor er kann sie manifest(ier*)en
wie in einer Studie

„Wohin mit all meiner ganzen unbändigen Kraft?", fragt sich Binetta, während sie durch die Komposition eines Violinisten in einen traumartigen Zustand gleitet. Mädchen in Binettas Nähe singen „Alouette, gentille alouette" und klatschen in die Hände. Binetta stellt sich verschiedene Szenarien vor als ein nicht sehr großer, sehr dünner, athletischer Mann mit schwarzen langen Haaren durch ihr Sichtfeld läuft und sie unbeabsichtigt mit seinem Lebensgefühl voller Leichtigkeit und seiner erotischen Präsenz wieder in der Gegenwart verwurzelt. Sie erkennt ihren künftigen Mann.

*in Klammern gesetzt, damit es sich reimt

Boisterous force creates an energetic body,
dreams of opportunities to test
them before it can manifest
them just as in a study

'What to do with all my whole boisterous power?', Binetta asks herself while she is sliding into a dreamlike state with the help of the composition played by a violinist. Girls who are next to Binetta are singing 'Alouette gentille alouette' and are clapping their hands. Binetta imagines different scenes when a man who is not very big, very thin and athletic, with long black hair is walking through her field of vision and roots her unintentionally in the presence with his attitude towards life which is full of lightness and his erotic presence. She recognizes her husband-to-be.

*alternative poem with ryhms:

White flower on a black stone
one could see them many times developing without bone
in the interaction between silicic acid and fire
cooling and the viscosity of the lava – a play you admire!

Champs sémantique	Wortfelder	Semantic fields:
Français	**Deutsch**	**English**
fleurer	duften	smell
fleur	Blume	flower
fleur à clochettes	Glockenblume	bellflower
fleuri(e)	blumig	flowery
florrissant(e)	florierend	flourishing
floral	floral	floral
federfleur[1] = fleur plume	Blumenfeder	flower feather

Français	**Deutsch**	**English**
dynamique	dynamisch	dynamic
vitalité	Lebendigkeit	vividness
élan	Schwung	drive
mouvement	Bewegung	movement
dynamique propre	Eigendynamik	momentum

Beeile Dich nicht, sorge Dich nicht,
gehe im Schweigen,
mache Dir des Lebens Führung zu eigen[1]

Français	Deutsch	English
l'invention de verre[2]	Glaserfindung	glass invention
forêt[3]	Wald	forest
terme[4]	Begriff	term
collection de phrases[5]	Satzsammlung	collection of sentences
Tiaré plume[6]	Tiarè feder	Tiaré feather

Die Tiaréblume wächst auf dem vulkanischen Boden Französisch-Polynesiens (Südsee).

Champs sémantique	Wortfelder	Semantic fields:
Français	**Deutsch**	**English**
fleurer	duften	smell
fleur	Blume	flower
fleur à clochettes	Glockenblume	bellflower
fleuri(e)	blumig	flowery
florrissant(e)	florierend	flourishing
floral	floral	floral
fleurfeder[1] = fleur plume	Blumenfeder	flower feather

Français	**Deutsch**	**English**
dynamique	dynamisch	dynamic
vitalité	Lebendigkeit	vividness
élan	Schwung	drive
mouvement	Bewegung	movement
dynamique propre	Eigendynamik	momentum

Don't hurry,
don't worry,
walk in silence
and life's guidance[1]

Français	Deutsch	English
l'invention de verre[2]	Glaserfindung	glass invention
forêt[3]	Wald	forest
terme[4]	Begriff	term
collection de phrases[5]	Satzsammlung	collection of sentences
Tiaré plum[6]	Tiaréblume	Tiaré flower

The Tiréflower grows on the volcanic soil of French-Polynesia (South Sea).

Merci!

Danke!

Thank you!

Dolmetsch- und Übersetzungsdienst
Marion Wolters
Geprüfte Dolmetscherin Englisch

+++ Wirtschaft +++ Politik +++ Medien
+++ Energie +++ Literatur +++